CRUZADINHA

COMPLETE A CRUZADINHA COM OS NOMES DE ALGUNS PERTENCES DA PRINCESA.

**CASTELO - COROA - VESTIDO - SAPATO
CARRUAGEM - LIVRO - LAÇO**

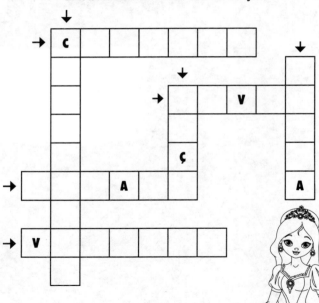

RESPOSTA NA PÁGINA 29.

SOMBRA DIFERENTE

OBSERVE AS SOMBRAS DA FADA MADRINHA E CIRCULE A ÚNICA DIFERENTE.

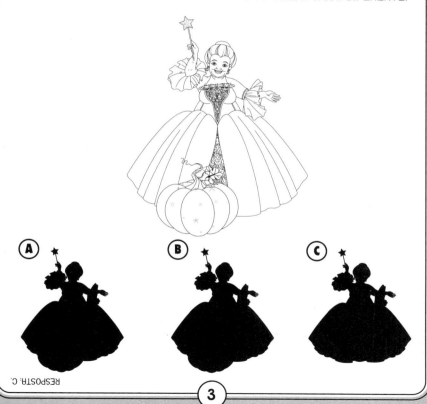

RESPOSTA: C.

LABIRINTO

AJUDE A PRINCESA A CHEGAR AO CASTELO.

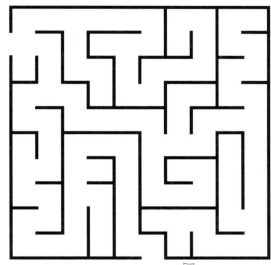

RESPOSTA NA PÁGINA 29.

JOGO DOS 5 ERROS

COMPARE AS CENAS E ENCONTRE CINCO DIFERENÇAS ENTRE ELAS.

RESPOSTA NA PÁGINA 29.

LIGUE OS PONTOS

LIGUE OS PONTOS NUMERADOS PARA DESCOBRIR A FIGURA.

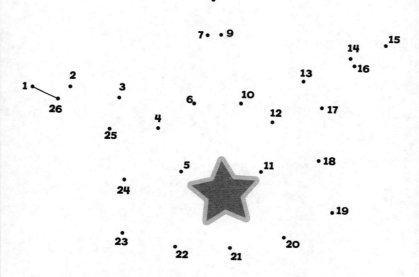

ESCREVA AQUI O NOME DO QUE VOCÊ ENCONTROU:

RESPOSTA: COROA.

QUAL É A SOMBRA?

CIRCULE A SOMBRA CORRETA DO VESTIDO.

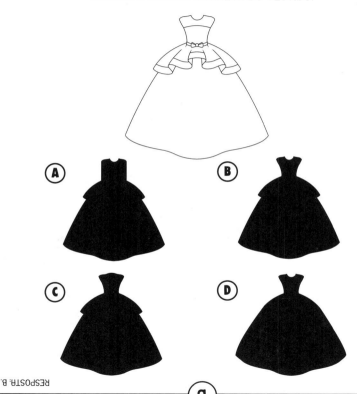

RESPOSTA: B.

HORA DE COLORIR!

DE QUEM SÃO?

VOCÊ CONHECE MESMO AS HISTÓRIAS DE CONTOS DE FADAS? LIGUE CADA PERSONAGEM AO OBJETO QUE LHE PERTENCE.

RESPOSTA NA PÁGINA 29.

COMPLETE A SEQUÊNCIA

OBSERVE O QUADRO E COMPLETE SEQUÊNCIA COM O ELEMENTO QUE FALTA EM CADA ESPAÇO VAZIO. ATENÇÃO: O DESENHO NÃO PODE SER REPETIDO, NEM NA VERTICAL NEM NA HORIZONTAL.

RESPOSTA NA PÁGINA 30.

LIGUE OS PONTOS

ESCOLHA UMA FLOR E SIGA O CAMINHO DELA PARA SABER QUAL PRINCESA VOCÊ É.

DE QUEM É A SOMBRA?

LIGUE AS PRINCESAS ÀS SOMBRAS CORRETAS.

RESPOSTA NA PÁGINA 30.

VAMOS CONTAR?

CONTE QUANTOS ITENS HÁ EM CADA CONJUNTO.

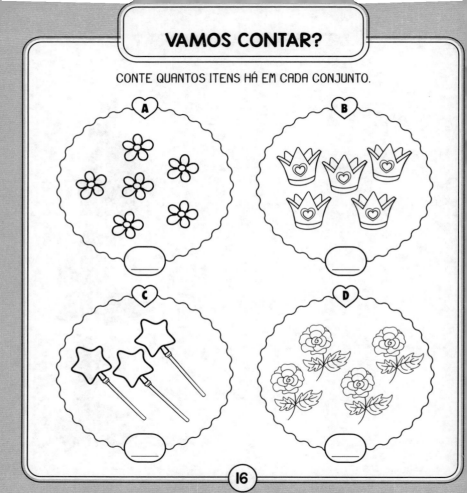

A PARTE QUE FALTA

VOCÊ CONHECE ESTA HISTÓRIA? OBSERVE A CENA ABAIXO E CIRCULE A PEÇA QUE FALTA PARA COMPLETÁ-LA.

A

B

C

RESPOSTA: C.

CAÇA-PALAVRAS

ENCONTRE NO DIAGRAMA AS PALAVRAS ABAIXO,
RELACIONADAS AO MUNDO DAS PRINCESAS.

BRUXA
FADA
PRINCESA
PRÍNCIPE
CAÇADOR
ENCANTO
SAPO
RAINHA

P	R	Í	N	C	I	P	E	Ç	E
R	A	P	Ç	H	R	D	N	O	N
O	I	T	B	R	U	X	A	D	C
C	N	F	R	P	H	C	Í	F	A
A	H	R	S	S	X	P	C	R	N
C	A	Ç	A	D	O	R	C	O	T
P	T	D	R	C	R	P	F	Ç	O
R	C	O	N	S	X	R	P	H	Í
P	P	R	I	N	C	E	S	A	C
Í	C	O	T	P	Í	F	R	T	Ç
F	A	D	A	C	N	S	A	P	O

RESPOSTA NA PÁGINA 30.

HORA DE COLORIR!

SOMBRA DIFERENTE

OBSERVE AS SOMBRAS DA CARRUAGEM E ENCONTRE A ÚNICA DIFERENTE.

A  **B**  **C**

RESPOSTA: C.

MENSAGEM SECRETA

DESVENDE A MENSAGEM, PREENCHENDO OS ESPAÇOS COM AS LETRAS CORRESPONDENTES, PARA DESCOBRIR UMA QUALIDADE DAS PRINCESAS.

RESPOSTA: AS PRINCESAS SÃO MUITO CORAJOSAS!

LIGUE OS PONTOS

LIGUE OS PONTOS NUMERADOS PARA COMPLETAR O CASTELO DAS PRINCESAS.

HORA DE COLORIR!

HORA DE COLORIR!

RESPOSTAS

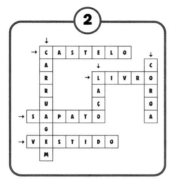

RESPOSTAS

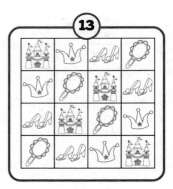

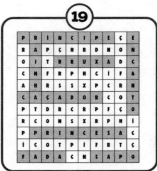